安曇野《あづみの》は　稲の衣に　堰《せぎ》の帯

北アルプスの清澄な空気の中で、豊かな稲穂の間を小走りに瀬音を立てて流れ小川とゆったりと水を湛《たた》えて流れる堰の織りなす水稲《すいとう》模様を詠《よ》んだ人がいます。れは、そんな豊かさが日常のものになる前のあづみ野の物語である。

時は江戸時代初期で慶長～慶安年間（１６１０～１６５０）頃のあづみ野は、横堰としての用水路はまだ整備されていなかった。

柏原村の若者組が阿弥陀堂の境内にある小堂で寄合いをしていた。氏神様と穂高神社のお船神事の奉仕についてと、矢原沢の川除普請《かわよけふしん》(堤防工事)の日取りについて打ち合わせをした。何やかや村普請の話が終わると若者達は当然、嫁探しの娘の話題になります。

付き合い始めた話や、言い寄って断られた話に沸き、親の反対に、娘に手を出したものの今はお手上げ状態などという深刻な話も出てきた。

弥助にその話題が回ってきた。弥助は等々力村では本百姓(土地持ち百姓)だったが、一昨年鴉川《からす》(涸洲川)の川欠《がけ》(洪水氾濫)で田畑、家、両親を失い、下流域にある等々力村から大庄屋だった等々力様が柏原村に転居していたので、口利きで借屋人として屋敷に同居していた。

「そうさなあ。嫁をとるなら牧《まき》の娘が一番せ。あそこは親爺も女衆《おんなしょう》も百姓離れした顔してるでね」

「そりゃ、どういう事だいね」

「そりゃあ牧っちゃ、昔、都の貢馬《こうば》牧場のあった所だでね。都からの役人やら使用人らが住み着いたもんで、俺達みてえなおぞい（美しくない）顔《つら》した者《もん》はいねえずら」

「男もかよ」

「当ったりめえじゃんか。いい男といい女じゃなきゃ別嬪《ぴん》さは産まれねえずら」

「そんじゃ、ちょっくら牧村まで見に行って来ずわいね」


弥助に楽しみができた。農作業の合間に本当はどんなもんか見てみたくなった。若者組の寄合いで嫁選びの話題に出た牧村が美人の産地というのが評判通りか、年頃の娘を探しに行ってみることにした。

弥助は期待外れの場合も考えて、鴉川で赤魚（うぐい、はや）や鮎が漁《と》れるので、釣りをしながら上流域の牧村へ行ってみた。行程は一里（四キロメートル）程である。

鴉川橋より上流の須砂渡《すさど》の辺りで釣りをしていると、弥助の菅笠《すげがさ》に小石がパラパラと当たった。辺りを見回すと田植え姿のような娘がいた。沢音で声を掛けても聞こえないので小石を握って笠に降り落ちるように投げたのだ。その娘の目鼻立ちを窺《うかが》いながら弥助が、

「何してるだいね」

「人捜しさね」

娘は悪びれもせず弥助を見て尋ねてきた。

「藍《あい》染めの鯉口に腹掛けして、裁着袴《たつつけばかま》の石工《いしく》さ（石職人）捜しているだいね」

「そいつも菅笠かぶって俺みてえに恰好《かっこう》良いんだか」

「何言ってるだや。ちっとも似てねえけんども、見なかったかや」

「お前さは、牧の娘《こ》か」

「まあ、この辺は牧村だでそい事だね」

「俺はまた、真っ黒え顔してるで山姥《やまんば》の娘かと思ったわ」

「そういう話は、遥《は》あるか（長い間）聞いてないわね」

弥助の空言《そらごと》に娘の表情が変わったかどうかは分からなかったが、期待の牧美人ではなかったので、外《はず》れはどこにでもあるもんだとして、からかうのを止めた。

「俺は下から川を上がって来たが、人に会わなかったで、その石工《いしく》さは上流にいると思うがね」

とりあえず弥助も釣りを止めて、娘と一緒にその石工を捜してやる事にした。この辺の鴉《からす》川は大人の体がすっぽり隠れてしまう程の大きな川石がごろごろしていて、流れも急な為、瀬音も大きくて近づかなければ会話ができなかった。

まだ、この辺の水量は充分あるけれども、夏場になると下流域の富田橋辺りでは涸れてしまっていた。梅雨時と台風の大雨の時以外は、涸洲《からす》川としておとなしく流れていた。

二人があちらこちらに散在している五、六個の大きな岩石《いわいし》を通過したら、細長く横たわっている石の所に男がいて、長金梃子《ながかなてこ》（バール）で下を掘ったり、墨筆で何やら書いていた。近づいて声を掛けようとする弥助の腕を引き止めて、娘は河原の小石をひと握《にぎ》りして空に向かって放り投げた。それが男の周りに落ちてきて、おそらく男の菅笠《すげがさ》も音を立てたのだろう、振り向いて笑顔を見せた。近づくと石工の方から、

「あれ。八重さ、お疲れさん」

「お昼持って来ただわ」

と言って娘は、背負《しょ》っていた布包みから出して、にぎり飯の入った柳面破《やなぎめんぱ》（弁当）と竹水筒を渡した。

娘が言っていた通りの出《い》で立ちをした石工だった。年格好《としかっこう》（年齢）は弥助と同じくらいで、菅笠をして、脚絆《きゃはん》（はばき）に足袋《たび》に草鞋《わらじ》。手甲《てっこう》もして、斜《はす》に道具袋を肩掛けし首から手ぬぐいを垂らした一人前の職人姿をしていた。

「食べてる間に話を聞かせてもらっていいかいね」

興味付いた弥助がそう言うと次いで、

「あああ。ゆっくりで食べてて。私《あたし》らこっちで世間話してるで」

と、娘は弥助の言葉を打ち消した。

「まあ、まあ、気遣いなしで」

娘は弥助の前に出て、

「じゃあ今日は、面破《めんぱ》と水筒を私《あたし》が持って帰るでゆっくり食べりゃいいわ」

と、遮《さえぎ》るようにしたが、急《せ》かされる感じが残った。弥助は相手の食べ具合を見ながら、

「俺はこの下流の柏原村の弥助って者《もん》だけど、お前さは何所から来た者か後で聞かしてくれや」

弥助は娘に手招きされて男の視線から少し離れた所の石の上に座った。

「弥助さは何んでここに来ただいね」

「そりゃあ、この辺は赤魚や岩魚《いわな》が釣れるでね」

「釣りだったら普通、虹鱒や鮭が釣れるで、保高川か犀川の方へ行くんじゃないか

いね」

「岩魚は漁《と》れねえずら」

「ははん。分かった。お前さは釣りにかこつけて姉さ目当てに来たずら」

「何《なに》ょ放《こ》く（言う）だ。そんなんじゃあねえが、牧は器量好しの娘がいっぺえいるって聞くが、お前の姉《あね》さはそんなに別嬪《べっぴん》さか」

「まあ、牧じゃ一番だって言われてるだがね」

「それじゃあ俺もひと目見てえ」

「姉さは農閑期にはあまり外に出ねえで、屋敷内の仕事や手伝いをしているから、なかなか会えないわね」

「お前《め》えん所は百姓じゃねえのかよ」

「百姓せえ。村じゃ肝煎《きもいり》（庄屋）やっているでね。よく村役人の人達《ひとら》来るし、別屋根で百姓往来なんかで読み書き教えてるでね」

「こりゃ、たまげた（驚いた）。そんな賢い繋《つな》がりお前さの顔のどこにも書いてねえじゃねえかい」

「悪かったいね。姉さに似てねえで」

「んで、お前さの名前《なめえ》は何だ」

「私《あたし》は八重だがね。今先《さ》っき石工さが私を呼んでたずら」

「お前さは田植えでまあ、焼けちまったただかいね。外れ（当たり外れ）は日焼けじゃ隠ねねえからしょうねえか（しょうがない）」

「何、外歩きが好きだでね。よく姉さは色白で器量好しだが、妹の方は反対で、すなべ（煤鍋）とか、おこげめし（御焦げ飯）みてえだと噂《うわさ》しているみたいだがね。中にゃありゃ腹違えずら、違え無えって言いてえ放題」

弥助はまじまじと八重の顔を見たが、小振りの編笠で娘らしさを出していたが、手甲《てっこう》、手差し、筒袖《つつそで》、雪袴《ゆきばかま》、はばき、足袋《たび》、草鞋《わらじ》と娘肌をすべて覆っていた。陽射しが強いのでどの程度日焼けしているのか分からなかったが、黒眼勝ちな目が輝いているのがわかった。そんな話をしている間に石工の男が二人に近づいて来た。

「仲良いが、初めて会っただかいね」

と冷やかしの声をかけた。

「よう。ゆっくら食べられただかいね」

弥助が言うと、

「ああ。八重さ、美味《うま》かった」

と八重に向かって答えた。

「それじゃ聞かしてくれや」

男は竹水筒を口にしてから、遠くの方を眺めながら話し出した。

「俺は隣の伊那高遠藩、藤沢郷片倉村の石工で甚吉《じんきち》て名だ。今は鴉川で石塔や墓石にする良《い》い石材が採れるか調べているところで、いずれ千国街道を糸魚川まで行ってみるつもりでいるんだがね」

「そんでも俺方《おらほう》（私達の住んでる所）に来るなんて珍しいのお」

「高遠の石工は年貢米が獲れねえで、旅石工になって銭を稼ぐんだいね。大概《たいがい》村ごとに行く方向を決めてあって、多くは天竜川下りの駿河の国や、高遠城築いてくれた信玄様の甲斐の国と、その先の相模の国の方まで行ってるだいね。北へは、上田から上州街道へと、善光寺様から北国街道で越後へ行ってるだね。それでもって俺《おい》らも松本藩に来ちまったたって事さね」

「へえ。それで此処《ここ》いら（この辺り）で良《い》い石は見つかっただかいね」

「まだちょっとしか見聞きしてねえが、この辺りは面白い所だね。鵜川は黒御影《みかげ》
（石）で。隣の中房川は白御影（石）がでてくるんだね。それに希少な有明桜御影
（石）まであって」

「あんのう、そろそろ私帰るね」

八重が口を挟むと、

「それじゃ俺も。姉さの顔拝《おが》んでくで一緒にえべや（行こう）」

と、弥助が立ち上がった。

「ちょいと、それならわしも。今日は終いにするで」

「おやあ。お前さも八重の姉さに惚れてるだかや」

「馬鹿放《こ》く（言う）でねえ。石の目処《めど》が付いたで帰《け》えるだけだ」

「ほんにゃら、八重さと肩並べて帰えりてえだか」

「からかうな。八重さが余所者《よそもの》と歩いてたら村の衆《しょう》に怪しまれるでね」

「何言って、お前さも余所者じゃねえか」

「俺は仮住まいしている雇われ石工だから言われねえ」

「ふんな（そんな）事言って、八重さの姉さ貰《もら》おうてんじゃねえか」

「俺らはじっと（いつも）側《そば》にいるでね。しょんねえ（仕方ない）かなあ」

「やっぱ（やはり）そうか」

「この前《め》えなんか、畑仕事から帰えって来て足洗っているのを見たらまあず、いけねえ気になったわさ」

「馬鹿野郎《ろ》。保高組の俺が見てねえうちは、手え出すんじゃねえぞ」

「毎日見てるからなあ。さあ、どうするだか。ははははのはだ」


三人は鴉川橋まで下って牧村に入った。辻に差し掛かると白御影（石）の碑石が二基並んでいた。

「村の肝煎《きもいり》（庄屋）様から、このお庚申様《こしんさま》と月待塔の建て替えを任《まか》されたわね」

「おう。早速《はやばや》の腕振るいだな」

「彫りが丸っきり（全く）読めなくなっちゃったんで、今度《こんだ》は鵜川の石でやってくんろ（下さい）だと」

「それでか、河原にいたのは」

そうこうして八重の屋敷前に来た。

「これ遣《つか》ってくれや（夕食に充《あ》てる）」

と、赤魚の入った魚籠《びく》を八重に差し出した。

「有難《ありが》と。じゃ姉さ呼んで来るで」

と、屋敷に入っていった。しばらくして済まなそうな歩き方をして戻ってきた。

「姉さは出掛けて居ねかった」

はっと、思いついたように八重の顔が明るくなった。

「そうだ。今度《こんだ》のお三夜様（二十三夜講）に来ればいいじゃん」

「余所者《よそもの》でも、いいだかや」

「構やしね。で、白米三合持って来てくれや。牧じゃしっかり使うでね（飲食する）」

八重は魚籠に欠き餅を入れて弥助に渡した。

「そうすりゃいい。俺もこの屋敷の別屋根に居候してるから、また会おうや」

と、甚吉もそれをすすめた。三人は何となく気が合ってきたようだった。弥助には期待外れだったが、また訪れる取っ掛かりができて無駄足にならずに済んで、気も沈まずに済んだ。


弥助は柏原村の肝煎《きもいり》（庄屋）等々力様の屋敷にいた。等々力家の屋敷にはよく、村役人の寄合いや代官所のお役人の検見役《けみやく》（年貢取役）や川除方《かわよけかた》（川、堰の普請役）等がやって来て、藩の回状《まわしじょう》や請願等の書面を交わす会合をしていた。

検見（年貢）については、村役人（肝煎、組頭《くみがしら》、長百姓《おさ》）が集まって、作高覚《さくだかおぼえ》、検地帳、名寄帳《なよせちょう》を用意したり、坪刈《つぼかり》（一坪の稲を試し刈りする）や枡様《ますだめし》（米のでき具合を枡で算定する）の日取りや手配をする。川除方（代官所の役人）からは、組普請（藩から通達で堤防工事の人足を出す）として夫役《ぶやく》（労働）を農民に伝える打ち合わせをした。

等々力家には事務方の奉公人もいたが、身軽な小間使いとしては弥助しかいなかった。

柏原村は手付かずの山林原野を含めて広く、百姓の数も組中では一番多かった。弥助は、等々力家で行われる寄合いに参加は許されなかったが、小間使いとして多くに居合わせた。柏原村には鴉川をはじめとして、保高沢、柏原沢、矢原沢の縦《たて》堰（古い堰）が通っていて、下流域の保高村、矢原村、等々力村等の灌漑《かんがい》に能《よ》くしていた。弥助は自身が川欠《かわがけ》（洪水氾濫）にあっていたので、日頃から鴉川の川除普請には強く関心を持っていた。

ある日、等々力様と寄合いの後の息抜き話に、

「弥助は川欠《かわがけ》の対策として何が良いか考えた事はあるかい」

と、聞かれた。

「いつも頭の隅っこにあるけんど、俺達が考えられるのは、三つ四つくれえだん

ね」

「言ってみろ」

「ええと、一つには川幅を広げて流れの勢いをつけさせねえようにする事。二つ目は、砂礫《れき》を浚《さら》って川底を掘り下げる事（ほとんど耕地より高所を流れる天井川になっていた）。そうして三つ目は、堤防を築く事。もう一つは種籾《たねもみ》浸しだけに使うんじゃなくて溜池をいっぺえ造って、一定の水量を越したら溜池に流し入れる場所を設ける事なんか浮かんでいるけんど、俺達若者組じゃ駄目だで、村役様にやってもらいたいと思うだがね」

「ほほう。考えてるじゃねえか。今日の肝煎仲間の寄合いの話に出た事だが、まあ先の企てだから軽《かあ》るく聞いといて欲しいんだが、藩のご普請（藩主導）として新堰を引こうって事にな、それというのもここ何年も藩への未進米（年貢が納められない）が増えてきて、策を立てなくてはなんねえと話が持ち上がった訳だ」

「横堰ってどういう事ずら」

「それは、古くからある新田堰の辺りの犀川からの取り入れで柏原村まで引こうって企て（計画）だがな。

　これからどうするって、川筋を決めなけりゃいけねえし、農閑期に人集めてやんなきゃあいけねえし、堰路《せぎみち》に当たる百姓と話し合ったり、屋敷や耕地を失う者には引き替え地を用意せねばならない。いずれにしろ、目録見帳《もくろみちょう》を作ってみなきゃ分かんねえ話だがな」

「そりゃあ、無理ずら。何でかって鴉川でさえ、へえ水無し川になるくれえだから、ここいらまで来るまでに無くなっちゃうじゃねえかいね」

「まあ、よいじゃねえ（容易じゃない）事は確かだ」

　そこから肝煎が別の話を切り出した。

「ところで弥助、お前さ甲斐の信玄様の霞堤《かすみてい》（信玄堤《つつみ》）見て来い」

「ええっ。俺がかいね」

「お前は新切《しんきり》（新田開発）より川除《かわよけ》（堤防工事）だ。行って治水って物を勉強して来い。釜無《かまなし》川も俺所《おらとこ》の鴉川と同じで暴れ川だというから、何がいいのか絵図に描いてどうなっているのか報告しろ。代官所には届けておくから、私は身体に不足あり、としておくで許状《きょじょう》（通行証文）持って行って来い」

弥助は、手代でも堰守《せぎもり》でもないのに自分が行ってもいいものかと思いながら信玄公の甲州へ出掛けて行った。

絶えず繰り返し水害に見舞われていた甲斐の国の霞堤（信玄堤）の全体像はこうだ。

豪雨の時に水勢の激しい釜無川支流の御勅使川《みだいがわ》をまず、二分して勢いを削《そ》ぎ、しかも新しい方の川筋を「高岩《たかいわ》」の崖にぶっ突《つ》けて、さらに水勢を落とすという方法で盆地の東部への氾濫を防いでいた。

二分する前に、御勅使川《みだいがわ》上流に石の積出しをして流れの方向を変えて、その下流で将棋の駒の形に似た石堤を築いて二方向に分流する。そのまた下流に第二、第三の将棋頭《がしら》を築いて新しい方の御勅使川の水勢を弱めながら釜無川の「高岩」方向へ合流させる。奔流（激しい勢いの流れ）はまだ強いので、突き当たる水撃、乱流を防ぐ為、径《まわり》二間《けん》（約三・六メートル）以上ある「十六石《じゅうろくこく》」と呼ばれる巨石を並べて更に水勢を弱めている。

片方、従来の御勅使川が釜無川と合流する箇所の竜王側には霞堤があり、雁行《がんこう》状《じょう》（空を飛ぶ雁の斜列）の堤防を本堤の前に築いて、水勢の激しい一番堤や二番堤には強固な「石積出し」で造成されていた。

その他にも、聖牛《ひじりうし》――三角錐の木枠の中に蛇籠《じゃかご》（砕石を詰めた籠）を挟み込んで沈めて水制御する物。

大枠出し《おおわくだ》――箱型の木を組んだ中に詰め石をした物。

いずれも信玄公が考案したと言われている水制の工作物を使用していた。

旅の最後に甲斐の国の川除方に挨拶と礼をして、「ほうとう」を手土産に持って帰途についた。

弥助は、甲斐霞堤略図と書付をまとめて等々力様に渡した。土産話に竜王河原宿に泊まった際に、そこの民が諸役《えき》義務を免除されていることを知ったと伝えた。

帰郷してから、予《かね》てから再会する約束をしていた心躍るお三夜様（二十三夜）の日がやってきた。

星は出ていたが、月が空に無いので松脂《まつやに》ろうそく（松明《たいまつ》）を灯して、白米三合を持って出掛けた。一里（四キロメートル）程の緩やかな登り道だったが鴉川の沢音が聞こえて橋に差し掛かると、流石《さすが》に胸が高鳴りだした。橋を渡って月待塔の所で人に会った。皆、肝煎（庄屋）の屋敷の庭に集まるようだった。

門の前に立つと庭明かりが見えたので、持っていた松脂《まつやに》ろうそくを地面に転がして砂消した。騒々《ざわざわ》と大勢の人声がする庭に入ってみると、石灯籠が隅に二灯あり、庭の中程に松薪《まき》の三脚篝火《かがりび》が二脚あって人影を作っていた。屋敷の左右の軒先に火出鉢《ひではち》が持ち出され、縁側も明るく照らし出されていて、床の間の掛物が二十三夜講の掛軸に挿《す》げ替えられているのが見える。

庭先には月の昇る東の方角に向けて月見棚が据えられていて、既に芒《すすき》とだるま草（千日紅）が飾られている。藁の円座に乗せて二段に重ねられた丸餅と葉付き大根が二本と、枝付きの畦豆《あぜまめ》も添えて箕《み》に入れて月に供えてある。その手前に茣蓙《ござ》を掛けた縁台を置いて、これから賄《まかな》い物が用意されるのだろう。

そこに、かわらけ（素焼きの器）の灯明皿《とうみょうざら》を持って八重がやって来た。

「八重さ」

「ああ。弥助さ。来ただいね。はあるか（長い間）振りだが、直ぐにここが分かったかいね」

「ああ。人がいたで後に付いて来た」

八重は両手で持った小盆を振りながら、

「それじゃあ、姉さの顔見せるで付いて来て」

ここで弥助は持ってきた米三合の袋を八重に手渡した。勝手口まで八重について歩きながら、

「お前さ、灯明の種油よく有るだな」

「家は菜種油の搾《しぼ》り滓《かす》いっぱいとってある（保存してある）でね」

途中、甚吉が豆腐汁の鍋を持って出て来た。

「おう。よく来たな。お前さも料理運ぶの手伝ってくりょ」

弥助は返事して中に入った。台所は広くできていて、女衆《おんなしょう》が忙しそうに働いていた。八重の姉は直ぐに見分けられた。


上から下げられた火出鉢の傍《かたわ》らにいて、明るく照らし出されていた。手ぬぐいを姐《あね》さん被《かぶ》りしていて、落ち着いた黄色地に縞の入った単衣《ひとえ》の着物を着て、襷《たすき》掛けしていた。帯も浴衣帯じゃないきちんとした締め姿だった。

「姉さ、ちょっといいかいね」

八重が手招きすると、手を休めて被っていた手ぬぐいを外《と》りながら弥助の正面に来た。

「これが、姉さの顔をどうしても見てえって言ってた、柏原村の弥助さだ」

娘は笑顔で丁寧に頭を下げて、

「八重の姉の千代だがね。妹の相手してくれて有難と様です」

「何言ってるだ。河原で会っただけせ。姉さの顔見てえって言うから連れて来ただけだ」

千代の顔から笑顔がこぼれた。

千代は切れ長の目をしていて、しかも二重瞼《まぶた》だ。夜目の為に大きく見開いて梟《ふくろう》の目のように輝いて見えた。そして、お雛《ひな》様のような綺麗な鼻筋をしていて、とても百姓の娘には見えなくて、竹取の姫様ならきっと、こんな顔立ちをしているに違いないと思える程だった。ぼやっとしている弥助を相手に千代が動いた。

「それじゃ、お月見団子を持ってってもらっていいかいね」

「駄目、駄目。それは姉さが持って行かねえと、若い衆は文句言うだわ」

促されて千代は自分で運ぶことにした。団子皿の前で、千代は一度肩に乗せた手ぬぐいを口に咥《くわ》えてから、髪を撫で整えてまた、姐さん被りにした。

「じゃあ、ちょっとここお願いね」

と、言って千代が勝手口から団子の大皿を持って外に出ると、庭の方から若い衆の歓声が上がった。八重はにやついて、

「どうだあ。本真《ほんま》に（本当に）別嬪ずら」

「んん。本当にお前えの姉さとは信じられねえ。俺も他の奴等と変わんねく、本真に腹違えと思った」

「はは。だで（だから）言っただよ」

八重は屈託なく笑った。

「どうも狐につままれたみてえな感じなんでご馳走（料理）運ぶわ」

弥助は、想像を超える美しさに牧村は本当に別嬪の産地だと確信した。そして「外れ」もまた、どこにでもある事と確信した。

弥助が庭に精進料理を持っていくと、もう話し声で大分賑やかになっていた。弥助は、周りを見回してふと、気が付いた。

周りには男ばかりで女衆が全然いないのだ。これはおかしいと思っていると、甚吉が弥助の所にやって来た。

「おい。お三夜様だっていうのに女衆がいねえじゃねえかい」

「あれえ。言わんかったかいね」

「何を」

「俺が請けて今造っているのは、辻にあるお三夜様（二十三夜塔）とお庚申様《こしんさま》（庚申塔）の塔だけんど、それが済んだら二十二夜様も作ってくれと肝煎様に頼まれてますんで」

「何だいねえ」

「何だいねえって、牧村じゃ二十二夜様の講があるでね。聞いてみりゃ、お三夜様だと男衆《しょう》が集まり過ぎるで、女衆は賄《まかな》いで忙し過ぎちまってお茶を飲む暇も無えで、それで、一日前に女衆だけの講を持ってるって事せ」

「こりゃ、騙されただな」

「何言ってる。お千代さに会えたじゃねえか」

「そりゃ、そうだけんど」

弥助は、今見た千代のような別嬪さんの寄合いに入り込みたい欲望に駆られた。

「まあ、いいじゃんかい。今夜は余所者《よそもの》同士仲良くしましょ」

「所で、弥助さは何してただや」

「俺か。田植えが終わってから等々力様のお使いで甲斐の国へ行って来ただよ」

弥助は、信玄公が造った霞堤《かすみてい》（信玄堤）の話を一渉り話した。

「所でってやあ（と言えば）甚吉さはいつから石工やってるだいね」

「ふふう。石工てえのは、そう簡単にはなれねえだぞ。石磨き三年。道具作り三年。造り三年。ていう修行が済んでからに、手彫り、文字彫りで、一丁前になるには十年から十五年くらいかかるでね。そいで、一丁前になったら仕事探しの旅石工になるだいね」

「村に居られねえのは辛えな」

「村にゃ仕事無えからしょんねえ（仕様がない）わな」

「それで、石工さはどんくれえ（どのくらい）稼げるだいね」

「まあ、粗方《あらかた》七日で一分ってとこかな」

「いい稼ぎになるだね」

「何い、他の職人（大工、屋根職人、塗師、桶屋等）は十日に一分だからちょっと（少し）はいいけんど、大工は一生物だけんど、石工は時代物だかんな。例えば、城が焼け落ちても石垣は残っちまうからな」

「ここのお三夜様の石塔は何日くれえかかるだか」

「お地蔵様くれえでひと月銀五十匁ってとこだが、ここんの（ここの塔）は、まんま石（自然石）使ってて、筆書きは満願寺のお坊様が書いて下さるから、短くてできるだいね。

そんでもって言いてえのは、石の切り出しは本来、石工でなく、石屋の仕事だでね。石工は彫りが仕事せ」

「ん。話しゃ変えるけんど、ここの教場ってのはどんなだいね」

「んん。そんなにゃ顔出さねえけんども、読み書き教えてるでね。ここんとこ（最近）で面白え落書きをめっけた（見つけた）いね。

ええと、一つは、

月待ちの神様野に御座す、塔塔寺に入らず

文字文字す

なんてのが貼ってあったし、もう一つ面白えのが、

観音菩薩如来に付かず、供え団子に手を付ける

だったかな。年長の者が筆任せに書いたみてえだな」

「そうかい。分かった。所で、お神酒《みき》は回って来ねえのかね」

「ああ、ありゃ決め事でお神酒は二升って決まってるでね。まあ、お年寄りの方に行く（持っていく）で話し込めりゃ飲めるだいね」

「うんん。俺達ゃ余所者だいね」

しばらくしたら、肝煎様が縁側に立って、

「そろそろ、お三夜様の月の出になりますので念を誦《とな》えて辻の塔の所へ行かずい（行きましょう）。私に続けて誦えて下せ」

「帰命《きみょう》　月天子《がってんし》　本地《ほんぢ》　大勢至《だいせいし》」

皆、立ち待ちで、三回念誦《しょう》してからぞろぞろと庭から門の外へ出て行った。村の人達は辻で月の出を拝んで解散した。

弥助達三人も辻の二十三夜塔の所にいた。弥助は、八重と甚吉に向かって、

「今夜は有難うござんした。甚吉さとはまだ話し足りねえ気がするけんども、また話しましょ。八重さは本真《ほんま》（本当）に正直者だ。本真に姉さは別嬪さんだったで、俺はぶったまげた」

と挨拶した。八重は、

「帰り、気い付けや。狐が姉さの真似して出るかもしんねえで」

「そりゃ、騙《だま》されてえ」

「じゃあ八重さ、ごっつお（ご馳走）様でした。あばや（さよなら）」

三人は気持ち良く澄み上がった月の下で別れた。

稲刈りも済んで、野辺もすっかり秋色になった頃、弥助に等々力様から呼び出し

があった。

「訳を言うと、お前さにまた、行って見て来てもらいたい所《とこ》がある。そりゃな、松代藩の煤鼻川《すそはながわ》（裾花川）だ。善光寺様の脇を流れている酷《えら》い暴れ川と聞いている。鴉川に使える事があるか見て来い。往来手形ならへえ（もう）手元にあるで、行って来てくれや」

「俺らでいいだかいね」

「何い、奉公人は皆んな年寄りばっかだでね。そんで私《わし》は足が利かねえで、しょんねえわな」

確かに等々力様もお年寄りの仲間入りをしているが、特に日常不自由なく歩いていた。

「出過ぎた事聞きてえだがいいかいね」

「何《な》んだ」

「横堰の件は、捗行《はかい》ってるだかいね」

「んんん。それか」

等々力様は思案顔を横に向けながら口を開いた。

「あまり言えねえが、松本藩の川除方《かわよけかた》が手代や同心を連れて、釣り人姿に身をやつして堰筋の下調べしているようだ。そうして、各村の肝煎には空き地を書き出すように指図が出されたところだ。どうも、矢原村が中心になりそうだが、柏原村としてはできるだけ上まで（扇状地の扇央部まで）掛け揚げてもらいたいもんだでね」

「できるといいだいね。そうなってくれて、下《しも》の村が新堰で潤えば、今の沢水は下ろさずにこっちの村でいっぺえ使えるようになるで、そうなったら本真にいいだがね」

「んんん。そうだな」

等々力様の表情を見て、常日頃から柏原村の扇頂部の地は手付かずの山林原野のままで、柏原原《はら》は周囲の村の恰好《かっこう》の草刈り場（馬草《まぐさ》、刈敷《かりしき》等の入会地として）になっているのを、どうにかしたいと考えているのが分かった。

「んじゃま（それでは）、行くだか」

と弥助は言われた煤鼻川に向かって出掛けて行った。

この松本藩主導による横堰の開削《かいさく》は結局、失敗に終わった。これが後に矢原村の肝煎（庄屋）臼井弥三郎の矢原堰として実現するまでの命を懸けた大苦労を抱え込む事になった。


弥助は今回も調査報告として、「煤鼻川河道堤開削絵図」と書付を等々力様に差し渡した。

「どうだったか話して聞かせてくれや」

弥助が調べてきた煤鼻川の状況は粗方《あらかた》こんな様子だった。

驚いたのは甲斐の信玄公の御家来衆が堰の開削に係っていた事。その為、横まくり堤という霞堤と甲斐の笛吹川の万力堤がそっくりなのだ。非常によく似ている。

大掛かりなのは、煤鼻川本流の右岸、左岸にそれぞれ二重に堤防が築かれていて、そこには霞堤が配置されているのだ。もし本流が暴れて氾濫を起こして第一の堤防を越えても次の堤防があって、更に越えてきても、その外側に堰が引かれていて、善光寺平に流出しないように方策がなされているのだ。

右岸、左岸それぞれの外側の堰は、その流末で本流の方へ曲げられていて氾濫した流水は全て、煤鼻川に戻されるように導きの堤防が堰に沿って築かれていた。

この辺りの煤鼻川全体を見渡せば、百合の葉の葉脈状に堰や堤防が築かれていて、下流の葉元にあたる所には、右岸の「よしが淵堤」と左岸の「横まくり堤」とが両手で抱え込むように、煤鼻川の氾濫戻し役をしていた。他には、堰の中で、「窪寺堰」には底樋《そこひ》と呼ばれる、二つの流れが上下に交差して流れる場所があった。

最後に松代藩の川除方を訪ねて、お礼のご挨拶をした中で、この普請によって善光寺門前の南方地域と、北国街道の丹波島宿と善光寺宿の間にあって乱流する煤鼻川が安定して良くなったと笑顔での話題になった。

弥助は、善光寺七味唐辛子を土産に持って帰郷した。

煤鼻川の報告が済んだ後弥助は、鴉川筋や保高沢、柏原沢、矢原沢を巡っていた。

今まで甲斐の国や松代藩等に行ってみただけに、何か柏原村に活かせるものがないかと思いを巡らせていた。他藩と違ってここは、河水が消えてしまう尻無川である事が解決を阻《はば》んでいた。扇頂部から扇央まで流れ落ちるだけの天井川をどうしたものかと、川除普請の度に悩む事だった。

新たに柏原村に水路を引くとすれば、やはり古くからある堰の取り入れ口である鴉川橋付近になり、そうであるが故に、これ以上分水すれば他村に行き渡らなくなることが懸念される。扇央部に溜池を作って新切畑《しんきりはたけ》にしようとしても、夏から冬には水が干上がってしまい、折角の作物が枯れてしまう。鴉川の川欠《かわがけ》（洪水氾濫）対策として、鉄砲水の時に洪水を川沿いの溜池に流れるようにしても、いつどこに欠所《けっしょ》（氾濫）が起こるかわからない鉄砲水の為だけに広い溜池を作るよりはその分、畑としてその土地を使った方が実利に適うと村人達は考えるだろう。

そうこう考える日々の中で、鴉川橋の上流地点で石工に出会ったことを思い出して、弥助は牧村の方へ行ってみることにした。牧の辻で出来たばかりの二十三夜塔

を眺めていると、

「あれ。弥助さじゃねえか」

「おお、八重さか。それに甚吉さも」

「あれ、弥助さは何しに来ただ。もしかして姉さ見に来ただか」

「馬鹿放《こ》け（馬鹿なことを言うな）。石工さの仕事がどのくらい捗《はか》行ってるか（順調か）見に来ただけだ」

「そうかい。これでかい（大きい）ずら。あん時の石だでね」

「おうお。立派なもんだ」

それは高さ七尺（二百十センチ）、横幅四尺（百二十センチ）程もある大きなものだった。

「甚吉さは今、何やってるだや」

「今、取っ掛かっているのはお庚申塔《こしんとう》で、次が二十二夜塔って順でやってるだね」

「いいだいね甚吉さは。一つお屋敷の中で村一番の別嬪さと居て、張り（仕事のやる気）が出るじゃねえかい」

「そんなんじゃねえよ」

「そうかあ。同じ別屋根の教場で何んかいっぺえ教えてもらってるじゃねえかい」

「ごた（出鱈目《でたらめ》）言ってるじゃねえよ。あの姉さは綺麗だけんど、それだけじゃなくて頭も良い。俺なんかとても駄目だ。ありゃ竹取の姫様みてえな人だいね。美しくて賢いから、周りの男選《よ》っても（選んでも）適《かな》う者なんかいねえから結局、月みてえな遠くへ行っちまうんだ。それだから俺みてえのは十五夜が過ぎても傍にいてくれる娘がいいんだわ。それにな、ややっこしい（厄介なこと）のは、藩を越えた嫁取りは御法度《ごはっと》ってことだ」

「何だか、勿体無え話だに。んで、お前え達何処《どこ》さ行くだかいね」

「ああ。石工さが中房川と芦間川の川筋を見てえって言うから、案内するだで。松尾寺までは私《おら》の庭みてえなもんだから」

「まさか、ずっと一緒じゃねえずらいね」

「あれ、心配《ぺ》えか」

「心配えなんかするか。甚吉さの足手まといって事だ」

「ああ。途中までで別れて俺は、石屋見つけて『有明桜御影』っていう石も見に行ってくるつもりせ」

「私《あたし》は有明の爺《じじ》の所へ、松尾寺を案内した後に行って来るだい」

「その背負《しょ》ってるのはまた、石工さの面破《めんぱ》（弁当）じゃねえかよ」

「違うせ。これは爺《じじ》の所へ持ってく栗だいね。さあては、妬いてるじゃねえかいねえ」

「馬鹿放《こ》け。栗だったら焼いて喰いてえが、何にょ言ってるだ」

「まあ。私も姉さの妹だから仕方ねえわさ」

「もう、いいから早く行って来い」

三人は手を振ってそれぞれの方向に歩き出した。


弥助は等々力様の用向きで、回し文《ぶみ》を保高町村の肝煎様の所に届けて、保高宿に来ていた。中馬荷問屋《ちゅうまにどいや》の前を通ると荷馬車を引いているが見覚えのある娘に出会った。

「ちょっと、八重さじゃねえか」

「あやや。こんな所で、よくじゃねえかい（会えた）。何しに来ただに」

「俺が聞きてえ」

顔をお互いに見合っているうちに、宿駅《しゅくえき》の荷預けに荷を引き取りに来た石工の甚吉が姿を見せた。

「やあ。弥助さ久し振り」

「甚吉さか、何してるだいね」

甚吉は高遠の片倉村から石工道具を取り寄せていた。

「石工道具は少しばか持ち歩いているだが、ここいら（この地域）では石屋の仕事もあるで、常じゃ使わねえ石割り玄能《げんのう》（大型の鉄鎚《かなづち》）なんかも用立てたもんさ。この前え、河原で掘り出すのに往生《おうじょう》（どうしようもない程の苦労）しちまったでね」

弥助は直ぐに思い当たった。半分河原に埋まって横たえていた七尺もある石の事だった。長棹《さお》を石の下に差し込んで、綱を縛り付けてそれを、かぐらさん（神楽桟）という基軸に綱を巻き付けて石や丸太を引っ張る道具で動かして、それを木船（そり）に積み込んで鴉川から引き上げて牧村まで運んだのだ。その運ぶ先々に大石が散在していた。

「その重たそうな麻袋は何んだい」

これは商売道具だと言って荷車の上に下ろした。袋から出して手にしたのは、只の棒鋼だった。

「はは。刃は自分で敲《たた》くだでね。一丁前の石工はこれを十五、六本使うでね」

玄能と他の道具類も荷車に積み込んだ。

「八重さ、これくれえなら駄馬《だうまび》引きで用が足りたじゃねえか」

弥助が言うと、

「そうじゃねえだに。本当《と》は中馬稼《ちゅうまかせ》ぎに来ただ。甚吉さが言うには、伊那街道の方は盛んで作間稼ぎ（農閑期の仕事）としていいじゃねえかと教えてもらっただいね。それで、『中馬取継ぎ』に様子を聞きに来たさ」

「それで、やらしてもらえるだか」

八重が説明する。

「いっぺえ荷を積んで荷車引いて稼ごうと思っただが、中馬っていうのは駄馬《だうま》（荷を馬の背に載せて運ぶ）だそうで、私《おら》の馬は年だで背に荷を載せるのは酷《こく》だで荷車引いて来ただがね。それで、伝馬《てんま》みてえに宿継ぎ、馬継ぎをしねえので表街道を運ぶんじゃなくて、間道《かんどう》（脇街道）を使うんだと。それのが速く運べるそうだ。それでもってやるなら、『継ぎ馬』（日戻り馬）だと。宿場から次の宿場まで荷を運んで馬宿に泊まらずに、家から出て家に帰る運びだ。もう一つ『通り馬』というのがあるけれども、これの方は馬宿に泊まるのを重ねて遠くまで直接荷を運ぶんだそうだ。中には尾張、三河の方まで三十里、四十里運ぶそうだ。それでやっぱ、峠には山賊が出るで、こいつは恐えって言ってた。馬は四頭引きだと。男女の定めは無えけんど、こっちは止めとけだと」

八重の話を一通り聞いて、

「じゃあ、甚吉さが初仕事ってことだな。まあ街道仕事でなくても色々あるじゃねえか。その内、藁や籾殻《もみがら》をいっぺえ運んでくりょっていう仕事かくるわな」

気落ちしていたはずの八重だったが、怪訝《けげん》そうな顔で、

「何んでそんな軽い物んばか運ぶだや。そうか、私《おら》を女として見てくれるだかやあ」

「何言ってるずら。どっから（何処から）そんなのくるか。おかしくねえかや」

「だって、荷物が軽くたって重てえって、荷車は馬が引くずら。私《おら》が女でも男でも関係無えし。図星《ずぼし》ずら」

「馬鹿放《こ》くでねえ。お前さのどこ見て思うずら」

「どこ見ても娘っ子だいね。ねえ甚吉さ」

「お前え、そんな雪袴《ゆきばかま》を履いてて分かるか。浴衣尻でも見せねえと分かんねえだ」

「ばあかこけ」

「まあ。まあ。その辺にしとけや。八重さ、帰るべえ」

甚吉が間に入って二人の湯気を少し吹き冷ました。三人は弥助の希望を容れて、等々力村の弥助の家があった所に立ち寄ってから、牧村に向かうことにした。

弥助の住んでいた村の辺りは川欠《かわがけ》（洪水氾濫）により、田畑は川砂や礫《れき》（小石）が表面に出て、耕土が流されてしまっていたので土地が回復するまで時が必要だった。

水害は等々力村だけの事ではなかった。鴉川からの切れ込みで、橋爪村や貝梅村《かいばいむら》が、高瀬川の氾濫で、青木花見村や狐島村等が、水押しの家が出たり、田に砂入し、川除の設備も流出してしまっていた。川欠にあった村々では、田は一枚も無く、耕作地は全部畑になってしまった所もあった。

そんな苦況の中にあっても、水害復興に当たっては、池田組、松川組、保高組に藩命で夫役《ぶやく》として寄普請《よせぶしん》を課せられていた。

八重は荷馬車を引くのを甚吉に替わってもらって、弥助と話しながら歩いていた。

「そう言やあ、この前え甚吉さと有明行ったずら」

「ああ、そうだね」

「団子でも食わして貰ったか」

「何に、言って」

「一緒に帰えって来ただか」

「何に、言って」

「何んか面白れえ事、あっただか」

八重は嬉しそうな声で、

「あった。あった。ちょっとこれ見てくりょ」

八重は身頃《みごろ》に下げていた小袋から布を巻いて大事そうに包んだものを取り出した。

「これ見て。有明の椚林《くぬぎ》の中でこんな繭玉見つけたいね」

「何んだ。変な色して。病んだお蚕様《かいこ》か」

「何に言ってんね。山繭《やままゆ》だいね。こんな緑色したお蚕様を初めて見たさね。冬支度でもねえのにこんな繭作るかいね」

「たまたまじゃねえか。そんな色して」

「いいや。甚吉さの見に行った桜石も綺麗だけんども、こりゃ宝物んだ。あん時、有明の爺《じじ》の所へ行っといて良かったいね」

八重の手にした布の中には三個の緑色繭があった。

――中国から日本へ養蚕《ようさん》の技術は早くから伝わっていたが、この地域では繰糸《そうし》（繭から糸を採って繰ること）の方法はまだ知らず、この頃は、天蚕の飼育が始まる百年前のことである――

帰路八重達は西原の辻で弥助と別れた。

雨上がりで、まだ道が泥濘《ぬかる》んでいるところに保高宿から柏原村を通って、大きな荷を積んだ八重の引く荷馬車が鴉川橋付近の巾下《はばした》に差し掛かった。

橋までは緩やかな坂ではあったが、荷馬車の車輪が辻で泥濘《ぬかるみ》の出石に突っ掛かって前に進まなくなった。何んとか車輪の向きをずらして登り坂を上がろうとしたが、荷が重い為尚更、泥濘に嵌《はま》って立往生してしまった。

八重は少し馬を鞭《むち》打って轍《わだち》から抜け出したが、脱出した反動で荷馬車が後退《あとずさ》りしてしまった。馬も泥濘《ぬかるみ》に足が淀んで荷馬車ごとずるずると後退りし始め、それに勢いが付いてしまって物に当たる大きな衝撃を受けて漸《ようや》く止まった。

八重は馬を落ち着かせてから後ろを確認した。それは辻に立つ馬頭観音の石塔だった。安山岩だろうか、黒っぽい石に太文字が刻まれていて、石塔は裏面を見せて、「柏原村肝煎等々力」の文字と、「孫左衛門」の文字の二つに割れていた。どうしようかと思いあぐねていると、沢堰を巡っていた弥助が通り掛かった。

「大丈夫か」

八重は、どうしたらどうやってどうなったかを弥助に訴えるように告げた。弥助は八重の話をひと渡り聞き取ると、

「あんじょうねえ（心配ない）。一緒に肝煎様に謝りにいってやる」

「そうけえ。弥助さが借屋《しゃくや》している所だで、気安いだね」

「何んとかなるべ。こんくらい」

鴉川橋の袂《たもと》の馬止めに荷馬車ごと止めていると、今度は石工の甚吉が通り掛かった。八重はまた、弥助に話した通りの事態を甚吉に伝えた。

「俺も一緒に行く。役に立つかも知れんからな」

三人は柏原村の等々力様の屋敷に向かった。道々、世間話やお互いの近況を話しながら、これから謝罪に行く八重の気持ちを紛らしていた。


屋敷に着くと先ず、弥助が上がり縁《ぶち》で立ったまま肝煎様に申し上げたい旨を手代に伝えて等々力様が出てくるのを土間で待った。

「おお。弥助どうした、そんな所《とこ》で」

「今日は謝《あやま》らならねえ者を連れて来たで、話を聞いてくりょ」

「私《あし》が申し訳ねえ事をしでかしてしまったで、謝りに来ましたすね」

と、八重が言うと、

「おや。弥助が娘っ子連れて来ただかいね。こりゃ話を聞かねえ訳にいかねえな。それなら先ずは、上がってくりょ」

「いいや、私はここで謝りてえです」

「何んか事情が有りそうだがや。我者《わしゃ》足が利かねえで座って聞きてえが、いいかや」

「肝煎様がそう言いなさるなら、そうさせてもらいます」

八重、弥助、甚吉の順に屋敷の女衆《しょう》が用意した水桶で足を洗った。八重は長手差しを外し、草鞋《わらじ》を脱ぎ、足袋を脱ぎ、紺木綿の裾《すそ》巻きを解いて腰掛けている上がり框《かまち》にそれらを綺麗に重ねて置いてから、雪袴《ゆきばかま》の裾《すそ》をたくし上げた。

真っ白な八重のふくらはぎを弥助は目にした。

途端に弥助の胸が弩弓《どきゅん》と高鳴って息詰まった。弥助は身動きするのも忘れて、丁寧に両足を洗い、土間で姐《あね》さん被《かぶ》りしていて、編笠と一緒に外していた手ぬぐいで拭き取るまでを見ていた。

弥助が口の中でぶつぶつ言っているのを甚吉が聞いていた。

「安曇《あづみ》の仙人《せんにん》。安曇の仙人。ああ、安曇の仙人」

背を突っつかれて、次に弥助が足を洗った。いつも八重の日焼けした黒い顔しか見てなくて、肌は一切露出していなかったので、とてもこんな白い娘肌を持っているとは思わなかった。

三人は土間から上がり端続《はな》きの下座敷に通された。八重と弥助は横に並んで座り、少し後ろに下がって甚吉が座った。等々力様は弥助が娘っ子を連れて来たというので、女房と一緒に待っていた。

「では、謝りてえって話を聞かしてもらおうかね」

八重は鴉川橋への辻に立っていた馬頭観音の石塔を割り砕《くだ》いてしまった経緯《いきさつ》を話した。

「本当に済まねえ事しちまって申し訳ねえだ。この通り謝ります。お赦《ゆる》し下せえまし」

と、頭を下げて床に付けた両手の上に額《ひたい》をつけて謝った。

「そりゃ、巾下《はばした》の所ずら」

と、孫左衛門の女房が言い添えた。

「用向きは分かった。ところでお前さはどこの娘だね」

「私《おら》は牧村の肝煎やってる源兵衛の娘ですだいね」

「おう。源兵衛さの所の。しばらく会ってねえが、組（保高組）の寄合いではよく話しますやね。そうか、源兵衛さの所の」

続けて、

「娘さ二人いるって聞いておるがなあ」

と、孫左衛門の女房が言い継いだ。

「上が千代って言って、私《あたし》が妹の八重だ」

「そうか、八重さか。それで弥助とは良《い》い仲なんかな」

八重が答える前に、

「途《とん》でもねえ。俺《おら》知らねえ」

弥助が否定すると八重が面白がって喋《しゃべ》った。

「弥助さは前のお三夜様（二十三夜講）に牧村まで来ただいね。何せ、私《おら》の姉さは牧一番の別嬪って評判だから見に来たせ」

「ほう。そんなに別嬪さか。それで弥助は姉さに惚れただかいね」

「違うせ。姉さに惚れてるのは、後ろにいる石工さの方だ」

弥助に言われてびっくりした甚吉は、思わず背筋を伸ばした。

「石工さがまた、何んでいるのかな」

静かに後ろにいた甚吉は、

「へえ。我《わ》しは伊那高遠藩、藤沢郷片倉村の甚吉て者《もん》で、旅石工ですねん。鴉川の石を見に来て宿を探していたら、具合良く牧村の肝煎様に出会えまして、仕事も請け負う事ができたってな訳で」

「何を請けたんだね」

「それが、お三夜様の石塔って訳です」

と、弥助が口を挟んだ。

「今、肝煎様の別屋根に逗留《とうりゅう》させてもらっていますんで。そいでもって差し出がましいようだけんども、馬頭観音様の再建の彫工を私にやらせてもらえないかと、八重さに同行したって訳で」

「んん。伊那の石工ちゃ、大した者《もん》（立派な人達）だいね。

それで、別嬪の姉さだが、弥助はわにちゃって（恥ずかしがって）気後れでもしただかいね」

「知んねえけど、火出鉢に照らし出されて、故《え》も言えねかった。行った時はお三夜様ってこともあってか、ありゃ、かぐや姫様の（月への）行き掛かりじゃねえかと思える程、驚いちまったでね」

「それで、どうなった」

「そん時ゃ牧の若い男衆は月待ちというよりも姉さ待ちって感じで、そりゃあ賑やかだったでね」

「お目当ては一緒ってことだな」

「姉さは別嬪さなんだけんども、俺は、駄目さね。譬《たと》えてみりゃ薄手茶碗みてえに、見た目も綺麗えだし、手に持っても具合良《い》い。だども、いつ割れてしまうか心配で気を遣わずには使えねえ。そう感じたで、俺は姉さよりは八重さみてえなのがいいと思っただいね」

「お。今、八重さがいいと言っただか。八重さ聞いただか」

八重は馬頭観音の石塔を割ってしまった事が頭を巡っていて上の空だったが、自分の名前がでてきたところで何故か、胸の先がむず痒くなった。

るって事は」

「何にょ言って、お前はもう八重さの面倒みてるじゃねえか。ここに膝揃えて来て

「何に、譬《たと》え話せ」

「石工さは二人を見てるだか」（会っているところ）

「そうさね。しょっちゅう言い合ってるで」

「ん。お前さはどう思うね」

と、孫左衛門は女房に窺《うかが》うように聞いた。

「まあ、仲が良《い》いって事で良《い》いずら」

牧村地区は昔、猪鹿牧《いがのまき》という朝廷牧場があった所で、役人達の住居だったと思われる十三屋敷という地名が残っているくらいだから、都から来た牧監《もくげん》や牧司《まきつかさ》、馬医とかの牧場に従事する多くの人達が役を終えた後に住み着いただろうと思われる。それ故《ゆえ》に地元の百姓とは似つかわしくない品のある顔立ちの人々がいたり、牧が美人の産地と言われるのに納得できるものがある。弥助が声掛けしても尻込みする程

の美しく整った目鼻立ちと物腰をしていたのだろう。

孫左衛門の世間話が長々と続いた。女房が、

「それよか、聞いてみりゃ娘っ子の力で馬使って荷車引いて荷送りするなんて偉《えら》い事だし、大したもんだぞ。生きた馬が引いているのに、死んでる馬に引かれたんじゃ、こりゃ割られても仕方ねえずら。まあ、今度《だ》のことは悪気《わるぎ》の無え事だで、構わねえってことでいいじゃねえかいね」

孫左衛門は普段から周りと悠揚《ゆうよう》な応対をしている時でも、俊邁《しゅんまい》なところを自覚せずにどこかに顕《あら》わしていたが、この時の八重の前では涸洲川（底抜け）だった。

八重が震えているのを見かねて、

「若い娘と話してえのは分かるが、もうその辺で帰してやるだいね」

と、女房が言うと、

「おう、そうか。そんじゃ源兵衛さに何か持たしてやってくれ」

「何言ってるだ。家にある物んは何だって源兵衛さの所にゃいっぺえあるだで、余

計な事言ってねえで早う放してやって」

漸《ようや》く自分の長っ話に気付いた孫左衛門は女房と目を合わせてから、

「八重さ、気持ちは確かに受け取ったで、そんな顔しねえで、笑顔でかえってくんな。それじゃあ、これで御開きだ」

そして石工の方には、

「この件が終わったら、源兵衛さの所に持っていく（話をする）から石工さよ、話通るまで（縁談が纏るまで）八重さに虫が付かねえように見ててくりょ。石塔の代金はきちんと用意するで、やっとくれ。

震えさして悪かったな」

と、皆に言って座敷を出ていった。


「八重さ、大丈夫か」

八重は小声で、

「痺《しび》れた」

「立てるか」

「いけね」

「ほれ、掴《つか》まれ」

「立たせてくりょ」

八重は弥助の首に手を回して立ち上がった。

「歩けるかや」

「いけね」

「じゃ、負《お》ぶされ」

「恥ずかし」

弥助は首に回した八重の手を捕《と》り、それを弥助の腰に回し直した。そして弥助の右手を八重の脇に差し入れて抱えた。

「勢《せえ》ので、歩くぞ」

八重は腰が揺れ動いて鴉が泥田を歩くみたいな様子で座敷を出た。八重は痺《しび》れを堪《こら》えて息をするのがやっとの這《ほ》う這《ほ》うの体《てい》で、弥助と頬が何度か触れたのも分からずに、上がり框《かまち》に座った。

甚吉が先に座って足を伸ばしていた。

「甚吉さは大丈夫か」

「俺は尻を動かしてたで」

「弥助さは何ともねえだか」

「慣れてるでね。内（居住屋敷内）だで」

八重は後ろ手にして床に手をついていて、粥腹《かゆばら》で力尽きたような恰好《かっこう》で両足を土間に向けて浮かしていた。

「八重さ、済んで良かったな」

「謝るのがこんねに（こんなに）辛《つれ》えって知んなかった」

弥助は四つ並んだ足の親指を突っつく悪戯《いたずら》を忘れなかった。

三人の若者を上がり端《はな》で見送ってから、孫左衛門の女房が想いを巡らせていた。

「禍《わざわ》い転じて福となるが良《い》いさね」

素足に草鞋《わらじ》履きで門を出て来た三人は、そこいらで身繕いをした。八重が石の上に座って身繕いしている間に、

「お前え、先っき八重さが足洗ってる時に呪《まじね》えみてえに佛々《ぶつぶつ》言ってたのは何んだ」

と、甚吉が弥助に尋ねた。

「あれか、お前さ昔話の久米の仙人の話知ってるずら」

「ああ、知ってる」

「久米の仙人が空飛ぶ修行中に、吉野川で洗濯している若い娘っ子の白いふくら脛《はぎ》に見とれて、空から落っこちまったって話だが」

「いいずら。その娘っ子嫁にもらったって話だで」

「俺はたまげた（驚いた）。あの八重さが真っ白けだ。白えの何んのって、急にお日様が差したみてえになって、目が眩《くら》んで動けなくなっちまっただよ。そんな訳ねえ。こりゃ何んかの間違えだ。何んかの間違え狐島だ（等々力村の隣の村名で白狐神社《びゃっこじんじゃ》がある）。信じられねえから、久米の仙人と一緒に空飛ぶ修行をしていて、無事に通力を身につけたっていう安曇の仙人を称《とな》えて騙《だま》されねえようにしただよ」

「そんな仙人、いただか」

そうしている間に八重の身繕いが終わって、

「帰えるべ」

と、甚吉に言った。

弥助は、後ろから両手で肩を揉《も》んでから八重の肩を抱いた。

「ここの肝煎様は話が長げえ。私《おら》痺《しび》れ切らしてひっくり返えっちまうところだったで」

弥助は久保田の辻まで出て二人を見送った。

夕日は大分西に傾いていて、二人の長い影を作っていたが八重が荷馬車を引いて家に着くまでは、まだ明るかった。

その日は四、五日前から雨が降り続いていた。西山を眺めると蝶ケ岳が雲に覆われていたが、晴れ間ができて、朝に虹の橋が立った。

しばらくするとまた、どんよりと曇ってきた。弥助は矢原沢川の瀬音が何となく小さく感じていた。何かを不安に感じて鴉川の川筋を見に行った。

雨後の川はかなり濁りながら増水していて、よく見ると大分波立って中に若木の流木《りゅうぼく》が交《ま》ざって流れているのが目に付いた。

そして、弥助は異常に気が付いた。鴉川がこれだけ勢いを持って増水しているのに、矢原沢川は温和《おとな》しかったのだ。弥助が鴉川橋の袂《たもと》に到着してみると、橋柱《はしばしら》が大きく川波を受けて軋《きし》んでいるのが分かる。流れは川幅全体に満水状態で流れていて、橋桁《はしげた》に近づいていた。これ以上の増水は流失の恐れがあった。そんな時に、牧村の方から八重が荷馬車を引いてやって来た。

「おーい。八重さ、何してるだ」

「はーい。弥助さ、駄賃稼ぎに出て来た」

「馬鹿、止めとけ。今日は川の様子がおかしい。お前さ、鴉川橋のこんな水嵩《みずかさ》、今までに見た事あるか」

「いいや。天気の悪い時ゃ外歩かねえから。それにしても川、荒びてねえかや」

「お前えもそう思うだが。俺、ちょっと下川口（村用水の取水口《ぐち》）を見て来るで」

「私も行く」

「追《つ》いて来るんじゃねえ。お前さは家でじっと（動かずに）していろ」

八重は黙って弥助の後をついて行った。下川口は鴉川橋より八町（八百メートル）くらい上流にあった。

鴉川の村用水の取水口は古城山《こじょうやま》と離山《はなれやま》に挟まれた所にあり、左岸は牧村に、右岸には長尾組の上川《かみかわ》として堰入れされていて、真ん中に分水岩《ぶんすいいわ》が置かれていた。弥助が調べにやって来た下川《しもかわ》は、この分水点の上川の取り入れ口から百間（百八十メートル）程下流にあった。その下川の流れは先ず、矢原沢に下川右岸より堰入れしていて、更に下流で保高沢、柏原沢が堰上げられていた。

「こりゃ、えらいこった（大変な事態だ）」

弥助の目の前には、流されてきた分水岩が下川口に引っ掛かって停《とど》まり、その岩に次々と大石が引っ掛かって、更に砂礫が埋め尽くして下川口を塞《ふさ》いでいるのだ。

矢原沢川が温和《おとな》しく、鵜川本流が暴れている理由が分かった。

「八重、危ねえ。帰えれ」

「居る」

「馬鹿放《こ》くでねえ。居てどうするだ」

そこに甚吉がやって来た。

「どうして此処が分かった」

「八重さの荷馬車が置き去りになっていたので、心配えで足跡見て来た」

「見てくれや。これ、どうするだか」

二人の目線の先には下川口を塞いで猶《なお》、暴れて波動する満水の鵜川の流れがあった。

「このまんまだと橋どころか、この鉄砲水で川欠が起こる。分水しなきゃ勢いは治まらねえ」

「弥助さ、俺達で下川口を切ろう。口（取水口）開けるだけじゃ治まらねえ、切るぞ」

「合点《がてん》だ」

下川口が決壊しても、下川口の先は柏原村の山林原野のままになっている所だったので躊躇《ためらい》は無かった。

「俺が算段するには、下川の幅は八間余り（約十五メートル）で土手に見えるが下は間知石《けんちいし》で積み上げている。それを下川口で崩《くず》す。一番でかい分水岩を動かしゃ、水が通って堰口が弛《ゆる》む。それだけじゃ足りねえで、皆んなで他の大石を稲架木《はざぎ》を梃《て》子木《こぎ》にして、浮かす。それで堰の塞ぎ壁が崩れ落ちる。て算段だ」

「よし、それで行く。一刻（三十分）を争うから普請道具を取りに行こう」

「荷馬車に打ち鍬《くわ》と備中鍬《びっちゅうくわ》があるけんど」

と八重が言うと、

「それっぱかで（ばかりでは）用は足りねえで、稲架木二、三十本と縛り縄、身体に縛りつける長縄二十人分と、下川を渡す大綱《おおづな》十間（十八メートル）分必要だ。石工さの道具も借りてえ」

「分かった。任《まか》せろ。村に戻って皆んな連れて来るだで。そうだ、二人は荷馬車の鍬で土手の土を掻《か》いてくれ」

「どのくれえだ」

「積み石が裸になるまでだ。鶴嘴《つるはし》が来るまで頑張ってくりょ」

「じゃあ、甚吉さに頼むだ。火の見櫓《やぐら》に登って擦半《すりばん》鳴らしてくれ。村の連中が集まったら、役決めて指示してくれ。各々の肝煎様に知らせを出してくれ。半時（一時間）以内に来てくれや」

甚吉は現場に一番近い牧村の若者組とは碑石の掘り出しの時から連帯がとれていた。三人は鴉川橋まで戻って、男二人は腕鍵《うでかぎ》を絡《から》ましてから別れた。

丸太の堰渡し（橋）は危ない所だが、弥助が鍬を担《かつ》いで渡り、手ぶらな八重の足取りは意外に軽かった。

「帰《け》えれ」「いい」（このままで）

「帰えれ」「やだ」

「帰、え、れ」「も少し」（ここに居る）

「危ねえから帰えれ」　「やる」

二人は土手を掘り下げながら、掛け声代わりに言い合った。

二人がひと汗掻いているうちに、村の若衆《しょう》がやって来た。往き往き打ち合わせしたのだろう、分水岩を動かす役、両岸の積み石を崩す役、稲架木《はざぎ》の先を削って大石に差し込む役ができていた。

下川口は相変わらず大石で塞き止められていて、流れは隙間から小滝のように流れていた。人が集まって来て、牧村と柏原村それぞれの若者組の組頭の姿があった。鶴嘴《つるはし》も届いて、両岸の積み石も周りの土が取り除かれて堰裏の方から長金梃子《ながかなてこ》（バール）で堰中へ押し出すと簡単に落ちた。数列落としたところで止めて、下川口の大石崩しの準備に入った。

次第はこうだ。

丸太の堰渡しを梃子枕にして、大石の隙間に差し込んだ稲架木を引き下げる算段でいた。大綱を命綱として堰渡し、稲架木で作った杭を玄能《げんのう》で杭打ち固定してから結び付けた。

塞《せ》き止めている流石《りゅうせき》が崩れ落ちてきた場合に、一人一人の体に縛り付けた縄を岸で持ち、堰に落ちないように大綱に絡《から》み取る考えだ。

柏原村の若者組頭から、一斉に作業する指示が出た。縄を縛り付けた分水岩を土手から引く者と、丸太の堰渡し上にいる七人の捌《さばき》手の息を合わせてやるのだ。若者組は祭りで意気は合っていた。

掛け声が始まった。先ず、組頭が、

「寄せ合え。組み合え。独鈷威杵《どっこいしょ》」

と掛けて、次に皆で声を合わせて、

「寄せ合え。組み合え。独鈷威杵」

と唱えて、「杵《しょ》」で皆、力いっぱい分水岩に縛り付けた縄を引っ張り、同時に稲架木の梃子棒を引き下げた。

組頭が火消し独鈷《どっこ》を翳《かざ》したが、下川口の大石塊《おおせっかい》は崩れなかった。

堰渡しの上から、

「重しが足りねえ」

と、声が上がった。

両方の組頭から次の指示が出された。縄の引手を増やし、牧村の力強い者を中に入れた。また、丸太の堰渡しの梃子棒のそれぞれを二人で引き下げる事にした。更に梃子棒の先端に縄を縛り付けて、先に二人が引き下げた後に、両岸から「堪然《こらさ》」「堪勢《こらせ》」の掛け声で横方向に一斉に引く事にした。

弥助は右岸側の堰渡しの上にいた。二人目の相手に八重が縄を体に結んでやって来た。

「馬鹿、止《よ》せ」

「だって、弥助さの縄引きを外されちゃったで、重しになる」

八重は弥助に負ぶさってきたので、仕方なく八重の体の引き縄を弥助の体に巻き付けた。

二度目の時が来た。堰に落ちたら大石と濁流が襲ってくるから助からない。もう一度命綱の大綱と一人一人の引手に縄引きの確認をさせた。

再び、組頭が火消し独鈷を翳《かざ》した。

「独鈷威杵」

「続けて。組み合え。独鈷威杵。堪然」

「続けて。組み合え。独鈷威杵。堪勢」

荒瀬の音に勝る若者達の掛け声が上がった。

「総連《そうれ》」

「続けて。組み合え。独鈷威杵」

「堪然《こらさ》」

「続けて。組み合え。独鈷威杵」

「堪勢《こらせ》」

力強い男達の引っ張りで分水岩が少しずれたかと見えた途端に、大石が一斉に崩れ出した。

小滝が怒濤《どとう》の氾濫を起こした。崩れ動いた大石が水しぶきを上げて堰渡しすれすれに転がり抜けた。堰渡しの上は水しぶきを受けて大混乱になった。端にいた弥助も川砂を含んだしぶきが体に顔に当たり、目を開けることもできなかったが、何んとか八重を背負ったまま命綱にぶら下がって大水の流れ去るのを待った。

おとなしくなってきた流れに疲れ切ってしまったので、八重と一緒に足元の流《りゅう》石《せき》の上に乗り堰に下りた。岸端近くは川砂で膝まで埋まった。八重を負ぶったままでは川石の間を歩けないので、縄を解いて岸に向かおうとしたら、流石に足を捕《と》られて流されそうになった。弥助は八重の体に縛りつけてある縄を思いっ切り引っ張って八重の腕を掴んだ。

続けて岸辺の方に転がり込んできた流れ石に襲われたが、間一髪のところで逃《のが》れられた。流れと流砂に体が押され、足が沈み込んで、そのままの体勢では溺れるところだったが、弥助は八重を抱きかかえて引き上げた。

「へ。肩に掴《つか》まれ」

八重は一瞬に起こった恐ろしい衝撃に足が震えていた。お互いの肩に手を置いて、

やっとひと休みできた。弥助は八重の冷たくなった手を握《にぎ》って、

「八重、大丈夫か」

「大丈夫じゃねえ」

八重の背中を摩《さす》りながら、

「もう、大丈夫だ。心配《しんぺえ》ねえ」


二人の眼前には氾濫した下川の姿が広がっていた。二人は土手に上がって腰掛けたまま それを見ていた。その内に下川の左岸には大勢の人が集まって来ていた。

下川口下は泥の湖と化していた。下川口の分水岩はずれて居座ったままだったが、今までその岩に引っ掛かっていた大石が一気に下川の方に流れ落ちて、柏原村の扇頂部に当たるここらの荒野を大石や砂礫が襲い、土を泥水に変えて惨憺《さんたん》たる光景を広げていた。

「私《おら》あもう、仕舞いかと思った」

「何言ってるだ。嫁助けねえ奴がいるか」

「えっ」

八重が息詰まった。

「嫌《いや》か」

八重は大きく息を吸って、繋《つな》いだ手を離して弥助の胸に抱き着いた。

「んんん。そうじゃねえかと、ずっと思ってたいね」

弥助は八重を両手で抱え込んだ。二人して決壊した下川の右岸にしばらく取り残された。二人は互いに肩を抱き合って頰を付けたまま互いの手を握《にぎ》り、呆然と有り様を眺めていた。

「やい。いつまで引っ付いているだ」

対岸からずぶ濡れの甚吉が声を投げた。無事だったのだ。

二人は伴って、片耳に手を当てて無言でそれに答えて聞こえない振りをした。

今度は弥助の方から大声で、

「肝煎様に誰か伝えに行ったか」

向こう岸から甚吉が耳に手を当てた。

「普請の応援頼んだか」

甚吉はまた、耳に手を当てたが両手を上げて大きく丸を作って見せた。

「八重さを頼んだぞ」

お互いの無事を見合って帰って行った。

二人は肩を組みながら手を振った。


甚吉はこの日の二人の姿を、その目に焼き付けた。


馬頭観音碑も無事に納め終えて、弥助と八重の祝言の日が決まった。等々力様の計らいで弥助が嘗《かつ》て家族と住んでいた等々力村の田地と交換で、夫婦の新天地となった新切《しんきり》（開墾地）の青木新田に移り住むことができた。

甚吉は、新たに二人が住むことになった青木新田の辻に道祖神を贈る事に決めた。

そして、そこには文字碑ではなくて、あの日の二人の姿を映し出した双体の道祖神を刻彫したものだった。

色々な災害はあづみ野について回りましたが、人々は苦しい中でも共に耐えて生きてきました。そんな中で、祝言をあげる事は若者達にとって最《もっと》も大切な楽しみでした。甚吉も自分にできる精一杯のお祝いをしました。勿論《もちろん》、村の若者達もそれの協力を惜しみませんでした。

そして地域の人々は、いつしか自分達もこのようなお祝いを贈られる事を望むようになりました。

これが、これまでに見た事も聞いた事もない、頬笑《ほほえ》ましい姿をしたあづみ野の道祖神の始まりの物語となりました。

了

添え書き一　**甚吉の造った双体の道祖神について**

台石は柏原村の若者組が用意し、碑石は牧村の若者組が鴉川から掘り出してきました。

筆書きは満願寺のお坊様にお願いし開眼《かいげん》（神道開眼）は青木新田の産土神様《うぶすなかみ》の神主様にお願いしました。

弥助と八重の婚礼は、柏原村の等々力屋敷で執り行い、お祝いの双体の道祖神は一日、等々力屋敷に留め、婚礼後に青木新田の辻まで大八車《だいはちぐるま》で、夫々《それぞれ》の若者組が運び、開眼奉祀《ほうし》後また等々力屋敷に戻り、皆で酒宴を催しました。

正保元年　二月吉日

添え書き二　**高遠の石工甚吉のその後について**

石工の甚吉は牧村で二十三夜塔、庚申塔、二十二夜塔の文字碑の順に建造し、柏原村の馬頭観音碑と青木新田の双体道祖神を造立しました。その後、予《かね》てから望んでいた千国街道を北上して糸魚川に出て、そこで翡翠輝石《ひすいきせき》を追ったのか定かではないが、いずれにしても数年後には高遠藩に戻り、次の世代に伝えたいものを残したと思います。

あとがき

時を経て大勢になったこの、辻に立つ双体の神様達ですが、ある人はサエ（道祖）の神として厄災を境界で遮《さえ》切って下さるものとして辻に立っているとしています。またある人は、サイ（幸）の神として、縁結びをして下さるものとして祀られているといいます。

何《いず》れにしても、この双体の神様は荘厳《そうごん》な建物の中に祀《まつ》られたり、鬱蒼《うっそう》とした幽玄な木立の中で戒悟《かいご》（戒《いまし》めを守り悟《さと》りを開いた姿）の身になって佇《たたず》むのではなく、一番明るい野の辻に在《あ》って、子供達の身近な集合場所であり、遊び場になったりして、広野の中で昼夜に立つ馴染《なじ》みな恰好をした標《しる》べ石（道標）でもあったと思います。

「あれ。この二人肩組んでるじゃん。頬ひっ付けて手握ってるけど、この握り方変ずら」

子供達は道祖神に登って遊びながらそんな言葉を交わしているかもしれません。

ところで、江戸時代も下ってきますと、道祖神の中には帯代《おびだい》いくらと刻まれているものが有ります。双体の道祖神を盗む人がいるからと解釈されておりますがどうでしょう。

あんな大きくて重い神様を盗む人なんていません。そう信じておりますが、やはり確かに盗人《ぬすっと》がいたものと思われます。さて、帯代というのを考えますと、帯代とは御帯料、礼金、結納金の事ですので、「泥棒に礼金を支払え」と要求する事となり、妙なことになります。想像しますに、双体の道祖神を結婚のお祝いにと村の人達から贈られたとします。そして故あってその家の夫婦が離婚したり、再婚したりする事になったとします。さて、縁結びの神様はどうしましょう。もうそこには居場所がありません。新しいお嫁さんなり、お婿《むこ》さんが来ますと、とても気まずい状況と思われます。

近しい村の人達の間では寄合い場所等で話題になります。それはお庚申様の集まりかもしれません。月待塔の傍《かたわ》らかもしれません。また、年中行事の祭りの何処かで話が出たのかもしれません。世話役の親爺《おやじ》さんと若者組が有らぬ事か、

「盗人《ぬすっと》がやった事にするずら。そうでなきゃ恰好つかねえずら」

とか言って、月のまだ出ていない夜の内に、そっと持ち去ったのでしょう。

さすがにあづみ野の外までは持っていかなかったようです。

双体の神様だからこそ、新しい場所に移り住んで頂いて、その周辺地域の縁結びの神様として、また新しい辻先で子供達の守り神として見守っているのではないでしょうか。そういう盗人《ぬすっと》がいたと思いませんか。何か村人の質朴な姿が浮かんできて可笑《おか》しく思います。

最後まで物語としてお読みいただければ幸いです。尚、江戸時代の物語の為、見慣れない言葉や方言が出てきますので、幅広くご購読いただけますように、できるだけ振り仮名や解説を付け加えました。

用語解説

天井川《てんじょうがわ》：砂礫が堆積して川底が周囲の耕作地より高くなった河川。

肝煎《きもいり》：寛永年代（１６２４~１６４４）まで使われていた名称で、以後に多くは庄屋名称になっている。

村役人《むらやくにん》：庄屋・組頭・長百姓《おさびゃくしょう》（村方三役）を指す。

駄馬引《だうまび》き：馬の背中に荷を付けて運ぶ方法。

中馬稼《ちゅうまかせ》ぎ：商人荷物を宿継ぎしないで運ぶ仕事。

作間稼《さくまかせ》ぎ：農民が農閑期に農業以外の仕事で収入を得ること。

伝馬《てんま》：幕府の公用書状や荷物を運ぶ為、宿駅《しゅくえき》で人馬を交代し乗り継ぎ輸送する方法。

安曇の仙人：『今昔物語集』巻十一第二十四にある。※空からふくら脛《はぎ》は見えにくいので、洗濯していた若い娘はもう少し着衣をたくし上げていたと思われる。

間知石《けんちいし》：城の石垣等に使われる四角錐の形に加工した石材。奥に行くに従って細くなっている。

擦半《すりばん》：半鐘《はんしょう》を続けざまに打ち鳴らす方法。

稲架木《はざぎ》：稲束を干す為の木組み棒。

参考文献

『穂高町誌』
『豊科町誌』
『堀金村誌』
『三郷村誌』
『安曇野の道祖神』酒井幸男
『松本平の道祖神』今成隆良
『北安曇の道祖神』牛越嘉人
『水土を拓いた人びと』㈳農業土木学会
『図録農民生活史事典』秋山高志他編
『図録都市生活史事典』原田伴彦他編
『高遠風土記』高遠町教育委員会

写真資料提供　中嶋三則

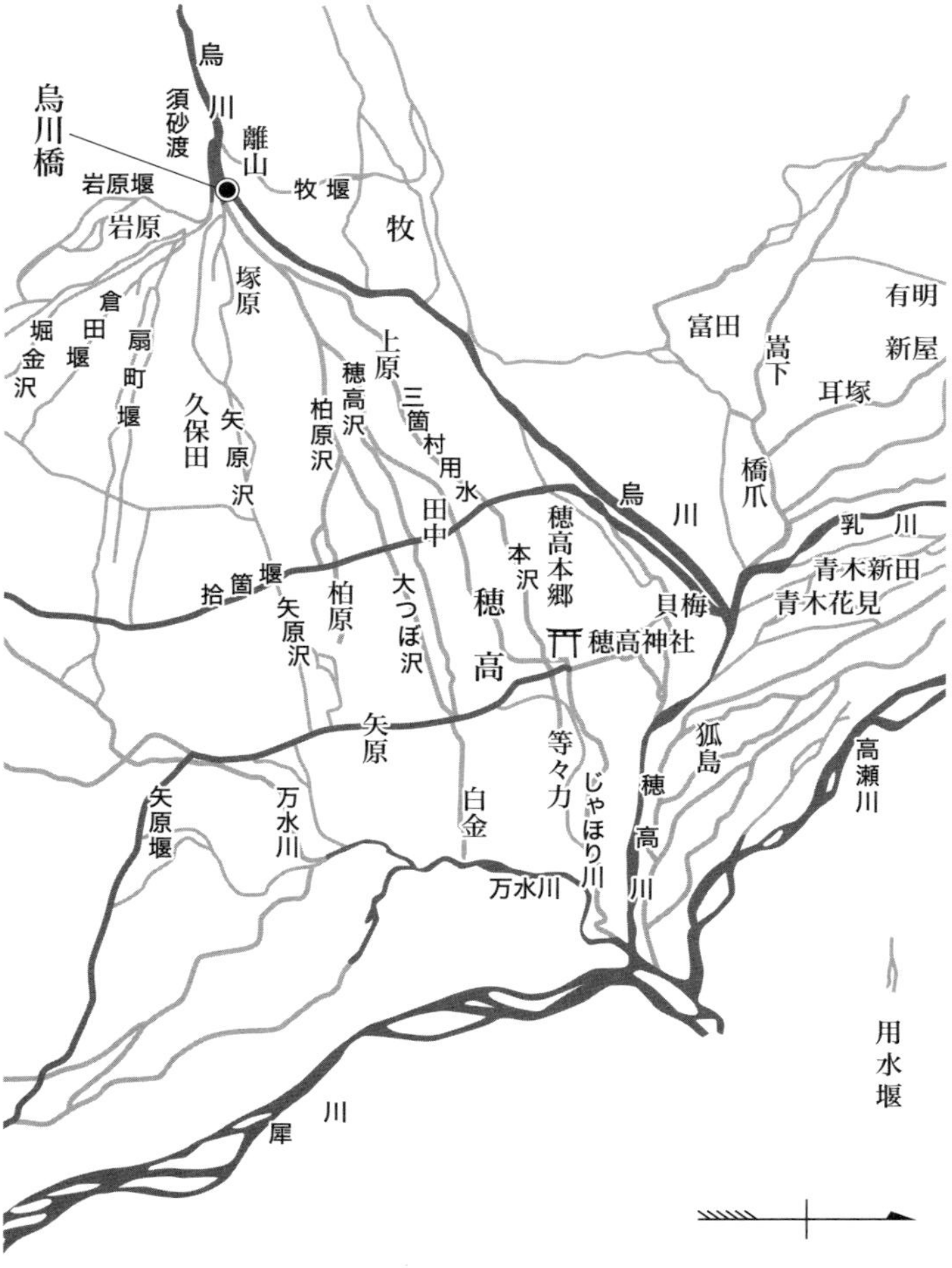
烏川
烏川橋
須砂渡
離山
岩原堰
牧堰
岩原
牧
塚原
倉田堰
堀金沢
扇町堰
上原
穂高沢
三箇村用水
柏原沢
久保田
矢原沢
富田
有明
嵩下
新屋
耳塚
橋爪
烏川
乳川
穂高本郷
田中
本沢
拾箇堰
青木新田
青木花見
貝梅
柏原
大つぼ沢
穂高
矢原沢
穂高神社
矢原
狐島
高瀬川
等々力
じゃほり川
穂高川
矢原堰
万水川
白金
万水川
犀川
用水堰

あづみ野の用水路（抜粋）

有明山を頭に見立てて、烏川扇状地を俯瞰すれば中腹より下側に二本の横堰がゆったりと南から北へと流れています。

安曇野の扇状・盆地に稲穂が豊かに実ると、緑の衣から黄金色に衣更えします。

さあ、稲穂が風に踊れば、

安曇野は　稲の衣に　堰の帯

ずっと見守ってきたから、野辺の中におわす道祖神様達は、芳しく豊かに輝く稲衣をあれやこれやと見せびらかせたいのでしょうか。

稲衣　野辺に佇む　道祖神

五穂　耕作（いつほ　こうさく）

1950年長野県安曇野市生まれ。國学院大学法学部卒業。著者名の謂れは幼年期、少年期、青年期、壮年期、老年期の五世代・期を背景にした作品を企図したもの。著書は他に『ねぶた夜話』（近代文芸社）。

あづみ野道祖神物語

2023年9月7日　初版第1刷発行

著　者　五穂耕作
発行者　中田典昭
発行所　東京図書出版
発行発売　株式会社 リフレ出版
〒112-0001　東京都文京区白山 5-4-1-2F
電話 (03)6772-7906　FAX 0120-41-8080
印　刷　株式会社 ブレイン

ISBN978-4-86641-660-1 C0093
Printed in Japan 2023